# 超速营销·手绘pop

## 餐厅·美食

POP

# 序

POP 广告，即英文 "point of purchase" 的缩写。其英文原意为 "在购物场所能促进销售的广告"。所有在零售店面内外，能帮助促销的广告物，或其他提供有关商品情报、服务、指示、引导等标示，都可称为 POP 广告。POP 广告在招揽顾客和促销商品方面有着不可替代的作用，其特点是简明快捷地表达商业信息。大多数 POP 都是为了在短期使用的，通常是在某一特定的时期、地点。POP 自身的这些特点决定了它的形式，海报、吊牌、展示物这些都是常见的 POP 表现形式。在表达手法方面，手绘是用得最广的、最迅速的一种手法，但现在随着科学技术的不断发展，电脑绘图的运用也越来越广泛；在载体方面，纸张、布料、玻璃等都是很好的载体。POP 广告不仅形式内容灵活多变，而且风格和制作方法也各式各样。从它的表现形式来看，有平面的 POP 海报和悬挂式的立体 POP 等；从内容上来看，有校园 POP、节庆 POP、餐饮 POP、百货 POP、电子类 POP、公益类 POP 等；从制作工艺来看，又有手绘 POP、印刷 POP、喷绘 POP 等。

POP 的画面处理也是为了其特定的商业目的服务的，通常采用明亮或视觉冲击力极强的对比色来刺激顾客的视觉神经，达到促销的目的。POP 通常是在人群活动较多的环境中使用，如街道、店面、商场、超市中。这就需要 POP 本身能从环境中跳出来，所以在文字的处理上选择简短但是可以反映信息的话语，要突出主题字，使顾客能在短时间内迅速反应，一目了然。

POP 在扮演推销员的角色的同时也要具有一定的审美情趣，是一种商业与艺术的结合体。它作为环境中的一员，必须具有可观赏性，所以不但需要一些简短的文字还需要配有一些有趣的插图来丰富画面本身。POP 通常用易为大众接受的卡通形象作为文字的插图，这样图文并茂才不会单调，或幽默、或夸张，形式比较灵活。在工具上多用马克笔，也有使用水粉颜料的，还有使用剪贴或是电脑辅助的形式，各种各样丰富的形式不但可以延长顾客视线的停留时间，而且可以装点环境，增添商场的气氛。许多 POP 不但宣传了商品而且还兼有展示功能，特别是立体的 POP。

尽管 POP 的形式手法多种多样，但是市场上最常用的还是以手绘为主的海报。本书着重从食品、餐饮方面通过实例来介绍 POP。POP 多以手绘的海报形式为主，颜色鲜艳，多以暖色调为主，卡通形象活泼可爱，字体变化丰富多彩。各种风格、各种表现形式将成为您学习 POP 的好帮手。

但是因为时间的关系，本书也有一些不足的地方，请各位读者谅解，我们将在以后的工作中不断完善。

# 餐厅手绘pop

"名厨"是最佳代言人。

笔触干枯的效果很不错的耶!

茶叶的卡通形象，好"辣"！

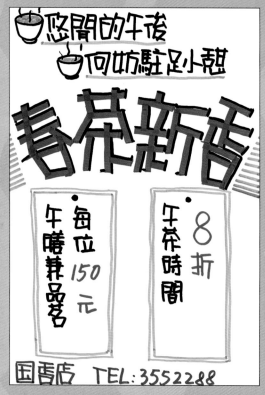

热气给画面带来了生机。

色调的冰凉感很强。

蓝山咖啡
左岸咖啡
雀巢咖啡

线的手法很丰富。

盘子和竹笋合二为一了!

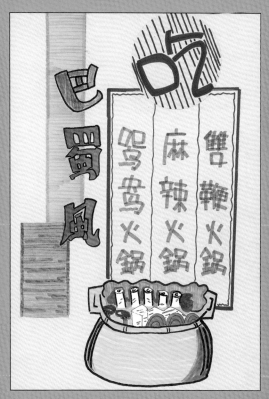

好辣!

一股浓浓的书卷气。

就要这笔黄色。

平涂的效果不错啊!

厨师的样子好自信。

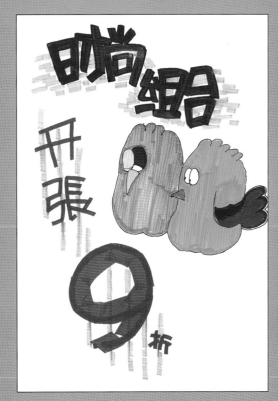

超人气组合!

咦！泡泡都是"柠檬"做的呢!

个性的字体与插图，简单却不失隆重。

中间那块蓝色用得真叫绝。

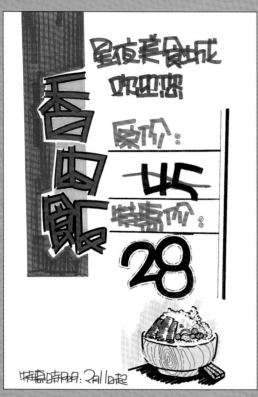

这碗饭的分量好足啊!

好茶一壶不够。

服务员好牛。

味浓情更浓。

红红的辣椒、红红的生活。

用边框使画面好统一。

眼神冷得有性格。

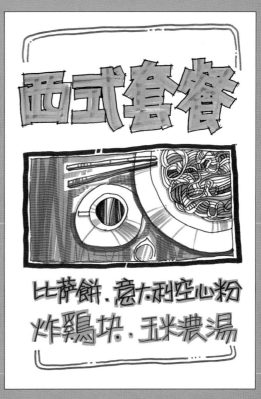

分割整齐也是一种风格。

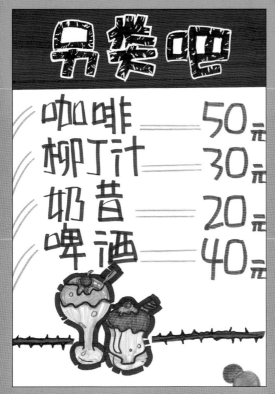

标题做得有感觉。

引人直奔主题。

色调丰富而协调。

倾斜的构图让人耳目一新。

"夏吃营"开业了。

吃得很陶醉。

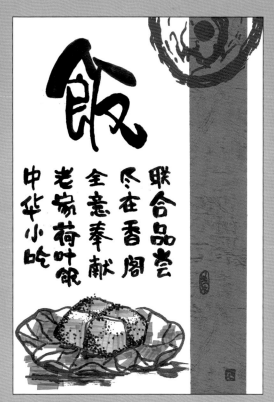

整体也是一种手法。

有对比才有吸引力。

引人注目的标题。

肥妞样子很诱人哦!

竖排有特点。

小胡子的日本人?

厨师好可爱呀！

歪脖子的长颈鹿，斜着眼睛的青蛙。

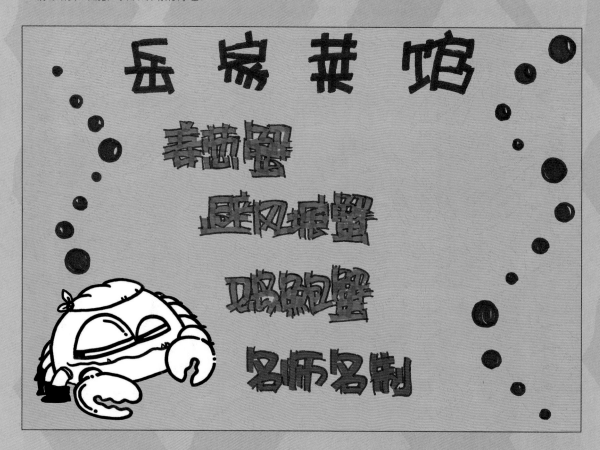

# 美食手绘pop

小兔子乖乖。

写实的手法也是很有风格的。

盖子开了，好香呀！

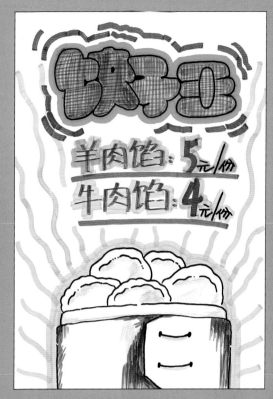

线条穿插，让画面热闹起来。

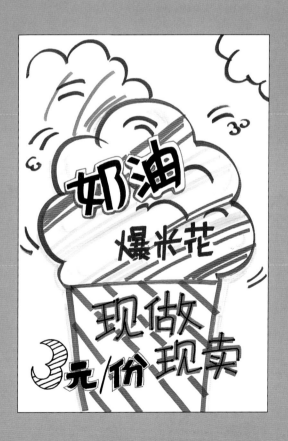

一笔黄色打破寂静。

画面很紧凑。

表情好好玩。

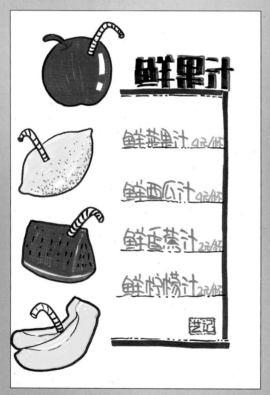

都用吸管，牛!

圣诞老人的白边处理很妙。

筷子在抖，够冷。

牛牛有特点。

大公鸡很好客的样子。

美味生鲜啤酒

现榨冰爽果汁

可口冰力红茶

开胃酸料

清凉度还不错。

多多益善吧。

这帽子真够土的哦!

柿子状的边框和主题很搭配。

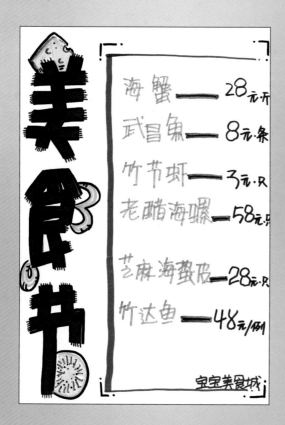

两个大眼珠够逗。

粗犷的文字突出主题。

平淡的画面更能衬出主题。

箭头的使用很好。

弯弯扭扭的杯子好生动。

到底谁是宠物？哈哈！

传统纹样，切合主题。

色块的运用得当。

彩铅可是很出效果的哦。

一条眉毛就足矣。

穿上衣服的感觉就是不一样啊。

泡泡的处理不错。

"工作中，请勿打扰！"牛牛说。

文字能这样处理不容易啊。

上面的蓝边很恰当。

牛皮纸的感觉好好哦。

果然有夫妻相。

一看文字就能品出的甜味。

点的使用恰到好处。

大嘴好搞笑，切题。

很善于用色块分割画面。

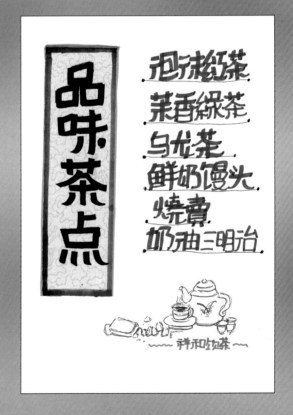

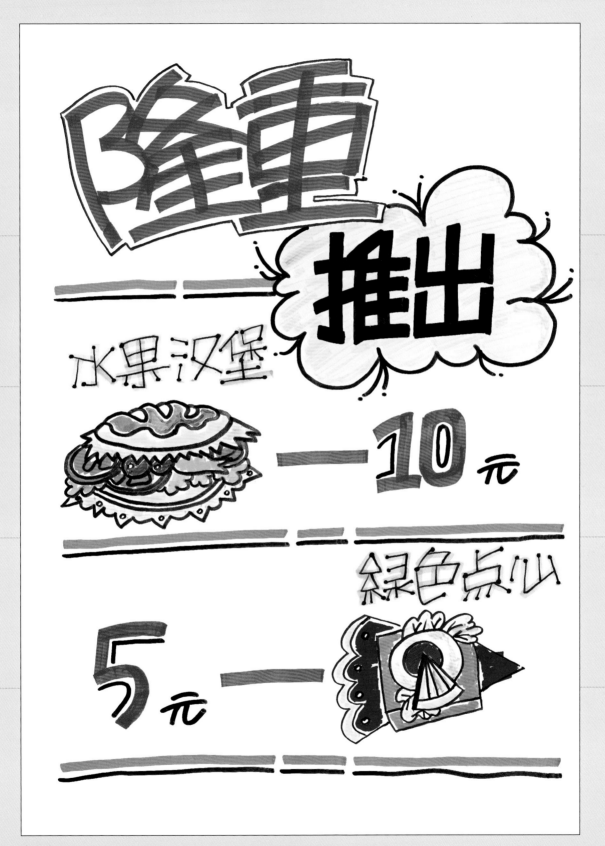

有条有理。

品种不少啊。

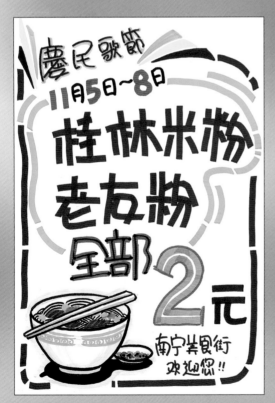

各上一碗。

黑边的使用很有力度。

牛牛的表情好腼腆。

章鱼在杂耍，还是在做丸子？

穿着讲究的猪猪哦

红红的，好烫！好烫！

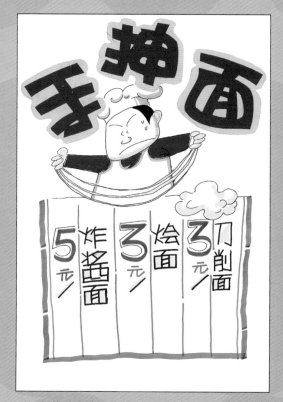

看！师傅的表情，好卖力啊

黑边的使用很有力度。

牛牛的表情好腼腆。

章鱼在杂耍，还是在做丸子？

穿着讲究的猪猪哦

红红的，好烫！好烫！

看！师傅的表情，好卖力啊

黄果树

橙汁 ——3元
嘻哈汁——5元
芒果汁——6元
苹果汁——5元

绿色的边框使画面看起来很有层次。

猪猪的鼻孔大大哦。

好丰盛的蔬果啊。

傻傻的表情正好合适。

奇味汤，汤味奇。

猪猪的表情为什么那么紧张？"人怕出名，猪怕壮"？

吃饱了撑的。

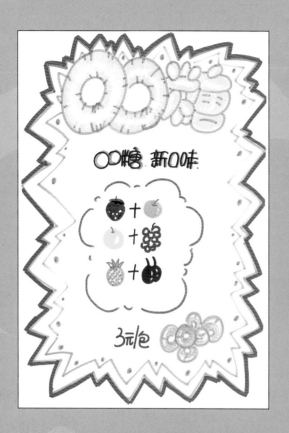

简明，让人过目不忘。

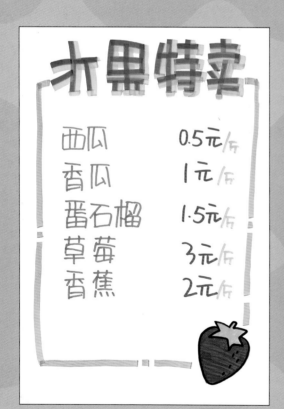

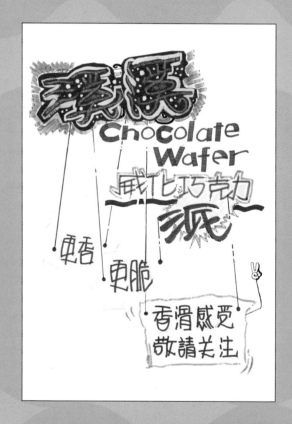

哇！这个"2"可真够大的，就要这种感觉了。

热气腾腾，好有一番生活情趣。

鲜艳的大果，好想吃。

造型简洁有趣。

小小的圣诞老人样子好慈祥。

都是大鼻子，有趣!

主题分明,层次丰富。

礼品的造型简洁明了。

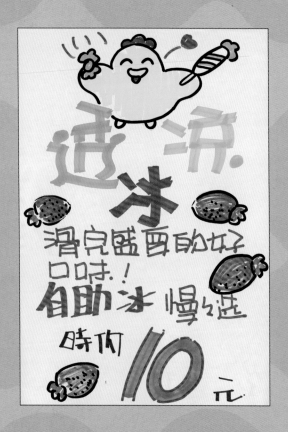

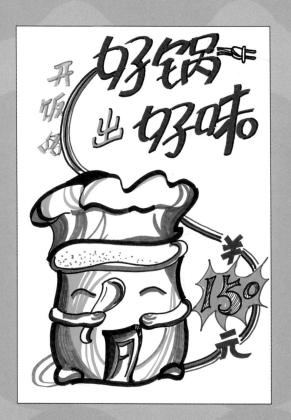

只用黑线勾出外形也是种方法。

拟人化的处理很润色。

笔触丰富而有层次。

夸张得很有型。

心形耳朵最趣致。

标题字的细致处理让主题更突出。

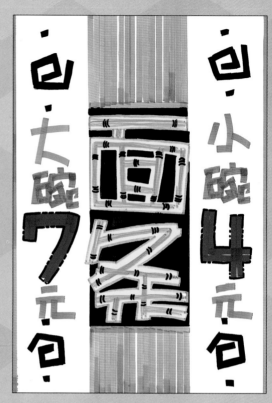

对称的构图一样有味道。

颜色这样才丰富。

红底上画白。妙!

水果的组合很到位。

字大才醒目。

鼻孔大大，可爱哦。

背景处理与众不同。

简洁大方，与主题相和谐。

黄色令画面有生气。

羊妈妈的样子好善良。

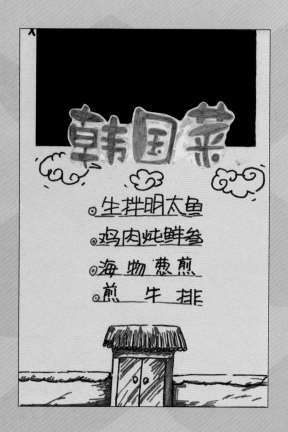

新鲜的产品要用新鲜的颜色。

玉米的放大处理，效果很棒。

很温馨的感觉。

红色彩带烘托热闹的气氛。

广告语写在吊牌上，形式很灵活。

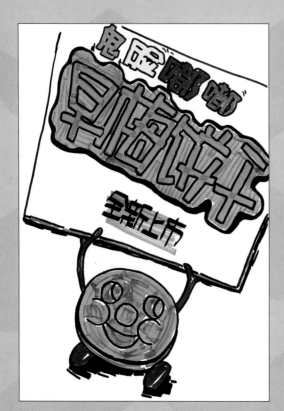

小不点力气可不小哦!

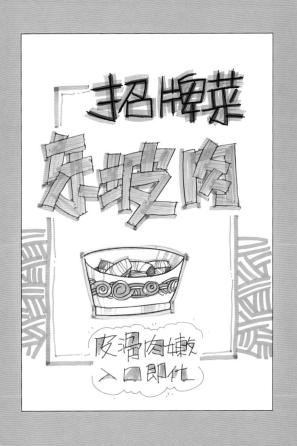

蓝边框的使用让画面统一。

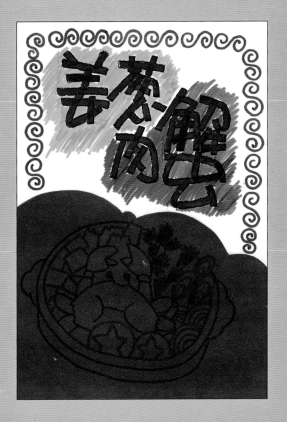

整体而有层次。

底色使画面有力量。

清新画面，韵味十足。

用色块填满标题，好！

对话框的使用增加情节性。

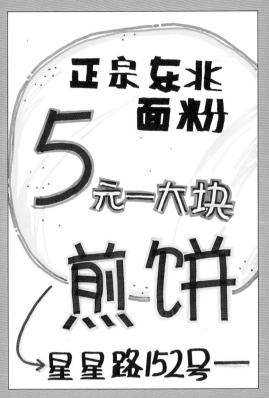

黄色将画面统一起来。

对话框的应用很生动。

粗犷的感觉很好!

同样的内容重复出现,强化视觉效果。

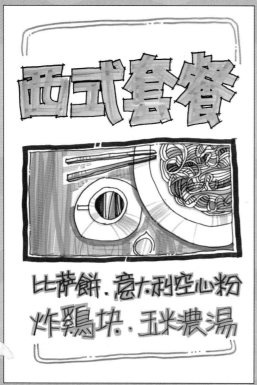

分割整齐也是一种风格。

图文清晰。

强化标题字，得当。

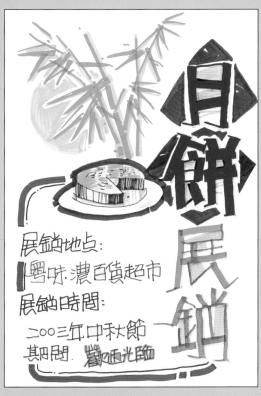

字体嵌入色块，有变化。

变形的大字，效果不俗。

只涂一半颜色的脸蛋看起来更生动哦!

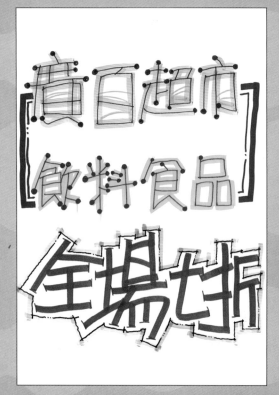

标题整体化处理得当。

好写实的烧鸭。

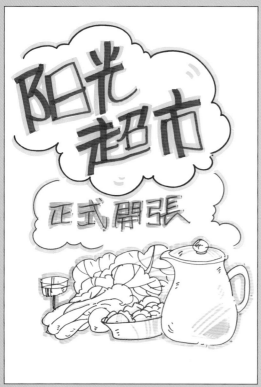

中间留白，边框加粗效果不错。

点的运用很好。

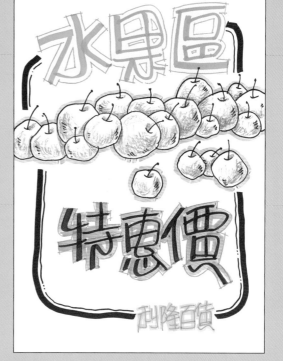

果果个个脆甜。

简单而不俗气。

厨师的煎蛋技术好高哦!

有牛章的哦。

全用线的插图很出效果哦。

口口香，串串香。

整篮全部都要。

版式的效果很重要。

大色块的处理和小字形成对比。

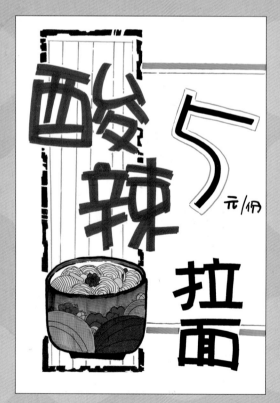

碗的细致刻画很牛。

够冷够冲击。

有牛章的哦。

全用线的插图很出效果哦。

口口香，串串香。

整篮全部都要。

版式的效果很重要。

大色块的处理和小字形成对比。

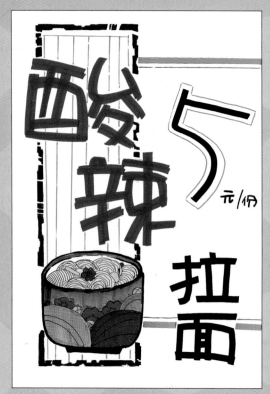

碗的细致刻画很牛。

够冷够冲击。

有牛章的哦。

全用线的插图很出效果哦。

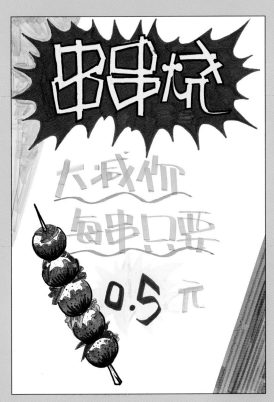

口口香，串串香。

整篮全部都要。

版式的效果很重要。

大色块的处理和小字形成对比。

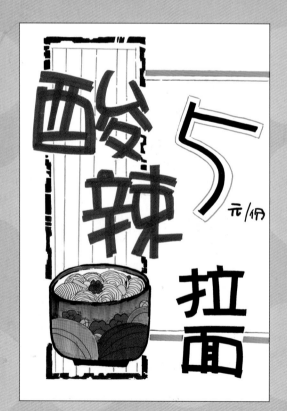

碗的细致刻画很牛。

够冷够冲击。

画面和用笔都很酷。

做好了，请尝。

双关语双重效果。

细节让画面更精彩。

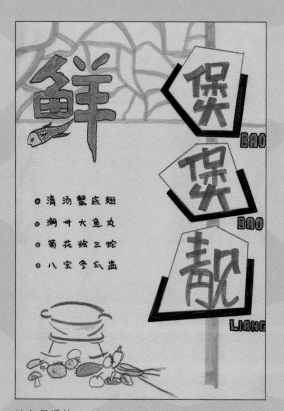

这鱼是活的。

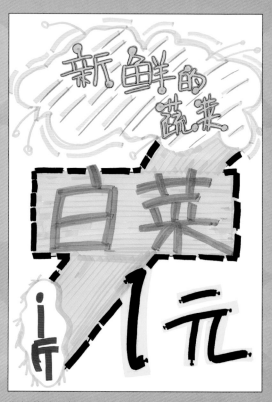

字框的处理极好。

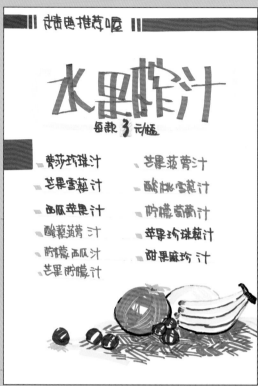

一目了然，真的。

大字写得很熟练嘛!

白菜宝宝，形象健康。

字体精美，独具特色。

用笔很生动。

好夸张，够味！

顶部的重色压得好合适。

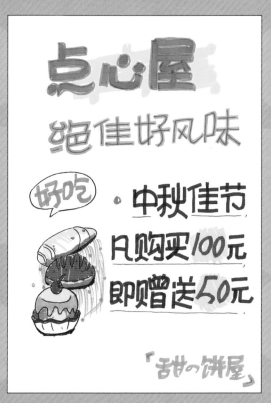

插图很精美。

果實冰

隨手一杯

每杯

11.-

圆圆的造型好可爱。

牛牛锻炼身体，好牛产好肉。

小红梅真可爱。

卡通形象惹人喜爱。

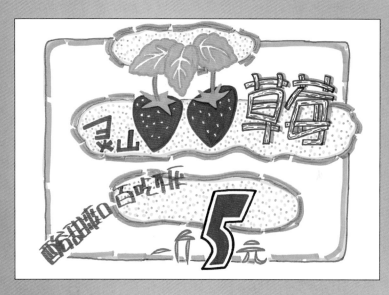

框里的背景和草莓相呼应。

三角蛋糕很诱人。